AF308588

INVENTAIRE
Ye 18.292

POÈME BURLESQUE,

OU

CATIN,

ACCOMPAGNÉ DE PLUSIEURS PIÈCES, GALANTES ET AUTRES.

Par Chauvin, J.-B.,

Officier démissionnaire de la Garde nationale du Jura.

J'ai des vers pour le peuple et sa vieille mémoire ;
Des vers pour le malheur ; pour l'amour, et la gloire.

PRIX : 1 fr. 30 c.

PARIS,

BOBEY ET HINGRAY, LIBRAIRES,

14, RUE RICHELIEU.

1836.

POÈME BURLESQUE,

OU

CATIN.

LONS LE-S., IMP. DE COURBET.

CATIN.

Je n'ai rien; je ne perdrai rien;
C'est déjà quelque chose.

POÈME BURLESQUE,

OU

CATIN,

ACCOMPAGNÉ DE PLUSIEURS PIÈCES, GALANTES ET AUTRES.

Par Chauvin, J.-B.,

Officier démissionnaire de la Garde nationale du Jura.

J'ai des vers pour le peuple et sa vieille mémoire ;
Des vers pour le malheur ; pour l'amour, et la gloire.

PARIS,

BOBEY ET HINGRAY, LIBRAIRES,

14, RUE RICHELIEU.

1836.

•◊••

A un homme de bien.

Monsieur,

La plupart des écrivains, pour ne pas dire tous, croiraient déroger à une ancienne habitude, si, à la tête de leurs ouvrages, ils ne lançaient une épître dédicatoire. Les Corneille, les Racine, les Molière et même les Voltaire ont mendié, presque dans toutes les cours, les noms de ces hommes qu'on appelle grands, à cause des dignités qui les entourent, pour en parer leurs écrits et en illustrer leurs œuvres. Ils vivaient pour lors dans un temps de prestige et d'illusion; dans un temps où les grands seuls avaient des autels, et où le prolétaire malheureux ne savait que payer et se taire. Aujourd'hui, les temps ont changé. La philosophie, en étouffant le fanatisme et la superstition, a fait luire à tous les yeux le flambeau de la vérité, et a enfanté une révolution qui, en écrasant les restes de la féodalité-monstre qui pesait sur le peuple, a semé partout des lumières et a apporté un changement dans tous les esprits.

Lorsqu'on s'agenouillait encore devant les rois qui, pour la plupart, ne se sont rendus mémorables que par leur cruauté et leur dégoûtant libertinage, les écrivains d'alors, trop faibles ou trop mercenaires, vendaient contre de l'or des éloges aux souverains, ou consacraient leur plume à l'éducation des princes. A présent, c'est le contraire. On n'écrit plus pour les rois; c'est le peuple qu'on éclaire et qu'on instruit. *Lui apprendre ses devoirs par rapport à la société; lui rappeler ses droits qui découlent naturellement de sa primitive origine; lui offrir quelques pièces galantes ou comiques pour servir à ses délassements lorsqu'il revient des durs travaux auxquels il est assujetti; telle est la tâche maintenant de tout écrivain qui songe aux intérêts de tous. Ainsi, Monsieur :* Tout pour le peuple et par le peuple, *a été de tout temps ma devise.*

Il est aussi doux pour moi de vous faire un semblable aveu qu'il est agréable à vous de le recevoir ; car je connais tout l'amour que vous lui portez, et c'est cette seule connaissance qui m'a forcé, pour ainsi dire, à vous dédier ce petit ouvrage. Vous condamnerez peut-être ma hardiesse; mais si vous avez songé qu'il fallait à mes premiers essais un fleuron pour leur servir d'ornement, votre indulgence saura pardonner, j'en suis convaincu d'avance, à ma jeune témérité. Au reste, où aller chercher un nom plus glorieux et plus honorable que le vôtre, pour relever ce petit ouvrage que j'ai destiné à la publicité? Voulais-je le dédier à

*quelques grands de ļa terre, ou à quelques pré-
tendus nobles? Je ne reconnais de grands et de
nobles que ceux qui se sont ennoblis par leurs
vertus. Or, où rencontrer autant de vertus, mais
de ces vertus vraiment philantropiques, que vous
en possédez? Vous nourrissez, j'ose le dire, presque
la moitié d'une ville, en donnant de l'ouvrage à
toute la classe indigente et ouvrière, et votre main
libérale, suspendue sur la souffrante humanité, est
toujours prête à la secourir. Mais que fais-je? Je
m'aperçois, Monsieur, que je m'engage dans une
carrière trop difficile, en voulant rappeler ici des
vertus que ma voix ne peut qu'affaiblir. Je me tais
donc par prudence et par respect, en prenant
tuotefois la résolution bien sincère de chanter un
jour ces vertus si amies de l'humanité, lorsque ma
plume aura acquis plus de force et plus d'énergie.*

En attendant,

Recevez, Monsieur, l'assurance de ma plus haute considération

CHAUVIN, J.-B.

AVANT-PROPOS.

Je jette les premiers chants de ma lyre à la face du public. Je serai lu par quelques-uns et censuré par d'autres, j'en suis convaincu; mais, insensible au blâme comme à la louange, je ferme d'avance l'oreille à la critique, et je n'irai, comme font tant d'écrivains, mendier auprès de mes lecteurs une indulgence que mon âge et ma position sociale méritent pourtant à si juste titre.

En livrant à la presse mes premiers essais, j'ai rempli un devoir, car j'ai soulagé ma conscience. Satisfait de moi-même, que m'importent à présent les applaudissements ou l'improbation des hommes. Si mes pièces sont mauvaises, qu'ils ne les lisent pas, ou s'ils les lisent, qu'ils les déchirent et les condamnent au feu; si elles sont bonnes, qu'ils se taisent: leur silence sera pour moi le témoignage le plus expressif de leur approbation· Néanmoins, si ce petit opuscule, fruit de quelques loisirs, est accueilli favorablement, ce que je n'ose espérer, je ferai paraître sous peu un nouveau recueil de poésies morales et politiques, à la tête duquel on lira cette épigraphe, prise dans un des chefs-d'œuvre du plus auguste et du plus savant des Prélats qui aient paru dans le sein de l'église romaine; cette épigraphe enfin: *Quid sunt regna? nisi magna latrocinia.* (*) Qu'en résultera-t-il? Je

(*) S.ᵗ-Aug. de civ. Dei, lib. 4, cap. 4.

l'ignore; ce que je sais seulement, c'est que je marcherai toujours avec le siècle, à côté du peuple.

Ah! quand je le verrai, ce peuple, chez lequel on trouve souvent plus de bon sens que chez la plupart des Midas de nos jours, qui ne changent d'oreilles que par la couleur, quitter sa modeste chaumière pour aller honorer de son suffrage le digne mendataire qui, connaissant sa situation malheureuse, s'engage à représenter consciencieusement ses intérêts; quand je verrai le prêtre, le front incliné vers la terre, et ne s'occupant que du gouvernement des ames, attendre humblement, sur le degré d'un autel, le pécheur qui revient à son Dieu; alors j'entonnerai, à l'instar du saint homme, ce sublime cantique : *Nunc dimittis servum tuum, Domine, secundum verbum tuum in pace; quia viderunt oculi mei salutare nostrum.*

BIBLIOTHÈQUE ROYALE

POÈME BURLESQUE

OU

CATIN.

ODE SACRÉE.

Un prêtre en cheveux blancs ordonna le supplice ;
Et c'est au nom d'un Dieu, par lui calomnié,
D'un Dieu de vérité, d'amour et de justice ,
Qu'un prêtre fut perfide, injuste et sans pitié.

(C. DELAVIGNE, 2.e Messénienne, sur la
mort de Jeanne d'Arc.)

AINSI que la poussière
Que tourbillonne l'aquilon,
J'ai vu fuir ma tendre saison,
Age d'or où la main d'un père
Sur mes jours semait le bonheur.
Il ne me reste qu'une mère,
Et c'est pour pleurer mon malheur.

Sans appui, sans fortune,
Où porter mes pas chancelants ?
Irai-je frapper chez les Grands
Que le pauvre en vain importune ;
Par mes cris, émouvoir le fils
De la Trinité sainte et une,
Ou fléchir le cœur d'un ami ?

Chez les Grands! cris perdus! ils se rient de nos peines,
Et, sourds à la pitié, nos prières sont vaines.
Dans les bras d'une femme ils consument leurs biens,
A Lazare arrachant ce que mangent leurs chiens.

Qu'attendre, dites-moi, du fils du Sanctuaire ?
Contre nous il soulève et le ciel et la terre.
Gourmandant en public le vice avec fureur,
Il prêche des vertus que rejette son cœur.

A l'ombre des autels j'ai vu fumer le crime ;
J'ai vu, Jésus, j'ai vu ta morale sublime,
Que l'impie à genoux vient révérer encor,
Par le prêtre oubliée à côté du vaux d'or.

J'ai vu le Vatican inonder ses portiques
Du sang des Albigeois qu'il disait hérétiques ;
Égorger la victime au pied de ton autel,
Et crier en ton nom : Je venge l'Éternel!

Je l'ai vu, sous ta croix, s'avancer au pillage,
Au viol, à l'inceste, au meurtre , au brigandage ;
Forcer le criminel d'acheter son pardon,
Et vendre, au poids d'argent, une absolution. (*)

J'ai vu.... Dieu d'indulgence,
Pardonne à ma témérité ;
J'ai fait monter la vérité
Jusqu'au trône de ta clémence.
Je t'ouvre les plis de mon cœur ;
Si tu connaissais la vengeance,
Je reculerais de frayeur.

Tu fais grâce au coupable,
Et si je déserte ta loi,
Je retrouve toujours en toi
Un juge meilleur qu'équitable.
Bientôt dans ton éternité,
O père, à jamais adorable,
J'irai pour bénir ta bonté.

(*) Pour se convaincre de la vérité de ce que j'avance, que
le lecteur se contente de dérouler l'histoire hideuse et dégoûtante de la guerre des Croisades.

Oui, j'unirai ma lyre
A la voix de tes séraphins;
Et, poussant des accents divins,
Je ne cesserai de redire :
Viens, pécheur, reviens à ton Dieu;
Il t'attend avec un sourire,
Et cherche ton cœur en tout lieu.

POÈME BURLESQUE,

ou

CATIN.

Un mendiant, dites-vous ! je suis le seul homme libre du pays, plus indépendant qu'aucun FRANÇAIS libre. Nous n'obéissons à d'autres lois, à d'autre autorité, à d'autre religion qu'à celles qui nous sont données par nos anciennes coutumes, ou que nous nous imposons nous-mêmes ; et cependant nous ne sommes pas des rebelles.

BROME.

MUSE, tu m'as promis de chasser aujourd'hui
Loin de moi la douleur, et le deuil, et l'ennui.
 Si tu ne veux que la mélancolie
 N'ombrage encore en cet instant ma vie,
Tâche de me fournir un sujet récréant
Qui plaise tout d'abord, et tu verras, ma mie,
 Que je serai reconnaissant.
Ne le fais point attendre, je t'en prie ;

Mais surtout ne va pas le chercher dans les cours.
Les princes et les rois que Dieu, dans sa colère,
Nous donna pour punir les crimes de la terre,
Sont peu de mon goût; et, toujours
Quand tu voudras ragaillardir ma bile,
Garde-toi de toucher à ces sots parvenus,
Qu'on verrait à présent, sans un peuple imbécile,
Se heurter dans Paris, en marchant les pieds nus.
Crois-moi, c'est s'abaisser de hanter la noblesse;
C'est ramper que d'aller mendier sa faveur.
La vertu seule est noble, et c'est une faiblesse
Que de vouloir offrir les dons de notre cœur
A des hommes qui sont, comme nous, d'une femme
Sortis faibles et languissants.
Garde-toi bien aussi de parler de ma flamme.
Si je me vis jadis au nombre des amants,
Ce fut pour soupirer dans de cruels tourments,
Sans pouvoir adoucir les peines de mon ame.
Ferme l'œil sur la liberté:
Elle a fui comme une ombre,
Et ce sujet trop sombre
Rembrunirait mon front en chassant ma gaîté.
Dans ton audace extrême,
Ne monte pas jusqu'à l'autel.
Je ne saurais venger la cause de Dieu-même;
Je ne suis qu'un faible mortel.
Laisse donc de côté, roi, maîtresse, lévite,
Et de ce pas à Catin marchons vite.

Déjà je vois, galant lecteur,
S'entr'ouvrir à ce nom tes lèvres demi-closes,
Comme les roses,
Qui s'ouvrent en sentant l'ardeur
Du Dieu qui lance la lumière.
Tu crois que sur la scène, à côté du saint père,
Ma plume va remettre, imitant Béranger,
Cette gaillarde vivandière
Qui débaucha chez l'étranger,
Surtout à la divine Rome,
Plus de Prélats que de blonds sacristains.
Nenni; car mon héros en tout temps fut un homme,
Et jamais à Madrid, ne vendit ni rogome,
Ni bière, ni café, ni vins.
Pourtant, crois-moi, si son oreille
Ignore encore le fracas du canon;
S'il n'a jamais au camp caressé la bouteille,
Ni réchauffé le sein du gentil Cupidon,
Des vertus sont en lui qui le font estimable,
Et que nul d'entre nous peut se flatter d'avoir.
Du matin jusqu'au soir,
Son humeur est toujours affable.
Si vous lui demandez ce que c'est que le diable,
Sitôt il étale à vos yeux
Tous les fondements de sa bourse,
En vous disant d'un air joyeux :
Le diable est toute ma ressource.

Un percepteur, personnage importun,
Tout fier de sa partie et se croyant quelqu'un,
N'ira pas d'un ton grave, en soulevant la tête,
  Lui dire : Il me faut de l'argent....
Catin n'a jamais vu cette sorte de bête;
  Puisque le bien que son père, en mourant,
   Lui légua, n'est pas grand.
Une écuelle de bois fut tout son patrimoine,
Aussi ne porte-t-il pas figure de moine.
Ainsi que nous pourtant il fait ses trois repas,
Et, comme un gros rentier, voit la fin de l'année.
Personne n'est plus gai quand vient le mardi-gras;
  Et tu voudrais, trop sensible lecteur,
   Plaindre encore sa destinée ?
   Va porter plus loin ta douleur.
D'Héraclite, Catin ne connait pas l'école,
Et que lui sert au reste une larme frivole ?
Plus heureux que les rois, jamais l'ambition
   Ne troubla sa raison.
Viens plutôt observer sa manière de vivre.
Ne fais point le rebelle, je t'oblige à me suivre.
Visitons un instant son asile sacré
Qu'on prendrait pour le toit du docte Diogène,
S'il pouvait au soleil se tourner à son gré.
Suis-moi; car dans sa hutte on peut entrer sans gêne.

  Le matin, quand l'astre du jour
Vient l'éclairer sur sa botte de paille,

Il tousse et crache tour à tour,
Et, secouant la tête, il vêt sa pretintaille,
Grosse veste de serge, où plus de mille lambeaux
Attestent de leur maître huit lustres de travaux.
Il se prépare enfin à marcher en bataille,
    L'estomac creux, le nez plein de tabac.
Il jette d'une main sur son dos un bissac;
Et prenant un gourdin, le voilà sur la route.
Il sollicite, il prie, et bientôt une croûte
A déjà disparu sous sa canine dent.
Une seconde croûte arrive au même instant,
      Et puis une troisième,
        Cric, crac,
      Puis une quatrième,
     Et voilà que son estomac
   A réparé ses forces affaiblies;
     Ses prières sont accomplies.
Dans sa cabane, ou plutôt dans son trou,
Il est rentré traînant la besace à son cou.

Jamais, et c'était hier, il ne se vit si riche.
   Un marguillier, mais plus par vanité
    Que par humaine charité,
Quoiqu'en public pour un sage il s'affiche,
Lui donna, regardant si l'on voyait son don,
Un gros morceau de lard, jaune comme citron.
Catin considérant une pareille offrande,
Lui dit : que le bon Dieu dans son ciel vous le rende.

Et d'un air plus que satisfait,
Il emporte, en chantant, le fruit de la prébende
Que son œil inquiet, par avance, avalait.
Je vais, disait, en souriant, le sire,
Renforcer ma bedaine et manger pour deux jours :
Puis, partit sur sa lèvre un gracieux sourire ;
Mais ici-bas que les plaisirs sont courts !

La science, souvent injustement chérie,
Empoisonne le cours de notre belle vie.
Pour Catin, quel regret
D'avoir appris à compter jusqu'à sept !
Vous allez voir notre bon homme
Chiffrer, compter et calculer,
Tout de même qu'un astronome ;
Mais il a beau bien spéculer,
Repasser par ses doigts les jours de la semaine,
Sa mémoire, toujours certaine,
Reconnait à l'instant que c'est un vendredi.
Un vendredi ! pour une ame dévote !
Eh ! n'aurait-il pas trop la chose approfondi ?
Voyons ; demain, ce sera samedi.
La chose est claire. Hélas ! que la science est sotte
De tourmenter ainsi les gens !
Sans elle il se serait déjà graissé les dents.
Que faire ? Il considère avec un œil avide
Un morceau de pain noir,
Et maudit en secret la morale perfide

Qui lui défend, ce soir,
De niveler les cavités profondes
De sa large poitrine avec un peu de lard.
Que n'est-il né dans d'autres mondes !
Il n'éprouverait pas, pour souper, du retard.
Une réflexion ne lui vint pas trop tard :
Du bon Jésus, dit-il, tous les apôtres
Moins sévères, mais plus vertueux que les nôtres,
Mangeaient ce qu'on leur présentait.
Ne pourrais-je donc pas en agir tout de même,
Sans offenser la sagesse suprême !
En même temps le lard au gosier descendait,
Et bientôt de sa main le morceau disparait.
Chacun sait que la graisse est parfois indigeste.
Aussi notre comtois au milieu de la nuit,
Éveillé par un mal au cœur toujours funeste,
De crier au secours se trouve alors réduit.
Le mal redouble et le suffoque.
De nouveau sa voix rauque
Se fait entendre et pénètre au grenier,
Où reposait un maigre savetier.
Par ces cris douloureux, ému jusqu'aux entrailles,
Gigant, par une échelle, arrive vers Catin,
Et le saisissant par la main :
Meurs content, lui dit-il, car à tes funérailles
Tu me verras en bon voisin.
Le patient que la douleur oppresse,
Ne dit mot, et Gigant, qui déjà le croit mort,

Conjure avec de l'eau le diable avec vitesse.
      La nature fait un effort,
      Pendant que s'échappe le diable,
      Et voilà Catin soulagé.
    Quoique son corps soit presque submergé
Par un mélange impur, un sommeil délectable
      Lui fait oublier sa douleur.
      Le lendemain, avec ardeur,
      Il chante comme à l'ordinaire,
      Gardant son rustique maintien,
Ce refrain qui de tout parait le plus lui plaire :
      « Je n'ai rien, je ne perdrai rien ;
        « C'est déjà quelque chose. »

Enfin, soit qu'il travaille, ou soit qu'il se repose,
Soit que la faim le presse ; il est toujours content.
      Si quelquefois il hurle et gronde,
      C'est pour divertir le passant.
Existe-t-il mortel plus heureux en ce monde ?
      Croyez toujours qu'il n'est pas encor né.
Aussi préfère-t-il sa honteuse misère
      Au sort qui semble fortuné
De tous ces petits rois qui beuglent sur la terre.
Les trônes de nos jours se brisent aisément,
      Et Catin veut une chose durable.
Sa pauvreté, qu'il chérit tendrement,
      Lui parait seule aimable.

Nul ne viendra la lui ravir;
Nul n'enviera son avenir.
S'il est vivant encore, à sa misère obscure
Il le doit, il en garde un tendre souvenir.

Bienheureuse la créature
Qui ne possède pas et les biens de Crésus,
Et son argent, et ses écus.
Si Catin avait quelque peu de fortune,
Déjà depuis long-temps il aurait trépassé.
Aux premiers feux d'une fièvre importune
Qui le tourmenta l'an passé,
Un médecin, et sans cérémonie,
L'eût envoyé chanter en l'autre vie.
Mais grâce au ciel, il peut braver tous ces fripons,
Se rire impunément de leurs mortels poisons.
Il ne permettra pas qu'un sale apothicaire
Soit son dernier restaurateur;
Car jamais sa santé, pleine encor de vigueur,
A tous ces assassins, se résoudra de plaire.

Je veux, dit-il, je veux mourir sans leur secours;
Suivre de la nature, et la pente, et le cours;
Et quand viendra ma dernière heure,
Me soumettant toujours à la nécessité,
On me verra quitter sans regret ma demeure;

Puis grimpant, sans remord, vers la Divinité,
J'irai m'asseoir avec gaîté
A côté de mon juge
Qui doit être à nous tous notre dernier refuge. (*)

(*) Quelques-uns croiront peut-être que cette pièce n'est simplement qu'un sujet que l'imagination a inventé à loisir. Qu'ils se détrompent. Mon héros, comme je l'appelle, et que j'aurais dû nommer plus justement le Diogène du Jura, est né dans un petit village situé à une demi-lieue de la source d'Ain. Si sa vie, qui ressemble à celle des anciens sages, est intéressante par la conciliation qu'il a su faire de la honteuse misère avec l'aimable gaieté, contraste étonnant qu'on ne rencontre pas souvent chez les hommes, sa mort ne l'est pas moins. Frappé, en 1835, d'une apoplexie foudroyante au moment où il se dirigeait vers une forêt de sapins pour y faire des balais, seule ressource de son existence et de son industrie, il expira, privé de tout secours, sur le communal de Treffay, où il ne fut retrouvé que deux jours après, par une femme qui se rendait à la campagne pour reprendre ses travaux ordinaires.

Comme je me propose de livrer au public la biographie de cet homme rare, et de chanter sa mort au premier jour, en faisant connaître les circonstances qui l'ont accompagnée, je me contenterai ici de cette courte notice.

MES AMOURS AU PRINTEMPS.

Je t'ai appris l'amour ; tu m'as appris le bonheur !...

KLOPSTOCK.

Viens, ô vierge, sur le gazon ;
De fleurs j'ai couronné ton nom.
Viens ; des oiseaux j'entends le doux ramage ;
Le printemps embellit nos jours.
Que ta voix, sous le vert bocage,
Module encore nos amours.
Viens, le plaisir a quitté le village.

De ton père, fuis le hameau ;
Ah ! viens ; sur les bords d'un ruisseau,
Reprends ton luth et redis-moi : « Je t'aime.... »
Le zéphir caresse les fleurs
Légèrement de son haleine,
Et l'onde, qui reçoit mes pleurs,
Murmure Élise, à mon cœur dans la plaine.

Le ciel est pur, et le vieillard,
Que ranime encor ton regard,
Dans ces beaux jours rappelle son jeune âge.
L'amour vient d'épuiser ses traits.
Tout s'enlace sous le feuillage,
Et la bergère, et ses attraits
Ont des autels sur la mousse sauvage.

Se jouant dans tes cheveux blonds,
La brise embaume nos vallons.
Tout rit ; le soir, quand la nuit tend ses voiles,
Mes pas s'égarent dans les bois.
Au pâle reflet des étoiles,
Je gémis sous tes douces lois ;
Car de Paphos j'ai soulevé les toiles.

Le rossignol suspend ses chants :
De sa voix les tendres accents
Ne viennent plus entretenir ma flamme ;
Tout dort dans les bras de l'amour.
Viens ; sur tes genoux, jeune femme,
Que je repose nuit et jour,
Et que ton cœur s'envole avec mon ame.

Douce amante, ouvre-moi tes bras ;
Mon cœur, ivre de tant d'appas,
Frémit, soupire à côté de tes charmes.
Verse dans mon sein le bonheur ;
Que ton nom calme mes alarmes
Et que ta main, dans ma douleur,
Jusqu'au trépas, sèche, sèche mes larmes.

Ah ! plutôt laisse-les couler :
Les fleurs, que ton pied va fouler,
Les recevront au fond de leurs calices.
De ces fleurs j'ornerai ton sein,
Pressant la coupe de délices ;
Mon cœur, palpitant sous ta main,
Adorera ses fers et ses supplices.

LA GROTTE.

J'ai vu Luca, sur la fougère,
Presser la main de sa bergère.
Soulevant le fichu qui voilait ses appas,
Ce satyre lui dit tout bas :
Sous le bocage,
Viens un instant.
Non, non ; je crains trop le feuillage,
Reprit Julie, en rougissant.

3

A tes genoux mon cœur s'irrite,
Et sous ma main ton sein s'agite.
Je me trouble et tes yeux se remplissent de pleurs ;
Pourquoi, dis-moi, tant de rigueurs ?
Sous le bocage
Viens un instant.
Non, non ; je crains trop le feuillage,
Reprit Julie, en soupirant.

Autour de nous le taon butine,
Fuyons ; dans la grotte voisine,
Doux asile aux amours, allons chercher le frais.
Le soleil brûle tes attraits.
Ah ! sous cette ombre
Viens un instant.
Non, non ; je crains trop ce lieu sombre,
Reprit Julie, en avançant....

. . . .

Amour, dis-moi, car je t'écoute,
Ce qu'ils firent sous cette voûte.
Je t'entendis jeter, Julie, un long soupir ;
J'en ai gardé le souvenir ;
Puis quelques larmes,
Quand tu sortis,
Coulaient et ternissaient tes charmes,
Et, baissant les yeux, tu t'enfuis.

Je t'entendis dans la prairie,
Foulant aux pieds l'herbe fleurie,
Gémir et murmurer, en maudissant Luca,
Ces mots que l'écho répéta :
De mon village,
Jeune beauté,
Ah ! crains la grotte et le feuillage ;
Car c'est là qu'on perd... sa gaîté.

LE PETIT FRIPON.

Colin, assis sous la coudrette,
Chantait au retour du printemps
Ces mots que la bergère Anette
Redisait à tous les instants :
« L'amour embellit notre vie ;
   « C'est un petit fripon
« Qu'on sert toujours avec envie.
« Si quelquefois il pleure, il crie,
« Croyez-moi, ce n'est pas de bon.

« Il veut toujours qu'on le poursuive,
« Qu'on le presse et le serre bien ;
« Et dans sa course fugitive,
« Avec lui vous ne ferez rien,
« Si vous le joignez dans la plaine.
      « C'est un petit fripon
« Qui veut qu'au détroit on l'enchaîne.
« S'il s'arrête, en perdant haleine,
« Croyez-moi, ce n'est pas de bon.

« Toujours, le soir, il se promène
« Sur les bords de quelque ruisseau.
« C'est là que son penchant l'entraîne ;
« Il fuit la ville et le hameau.
« Quand il est seul, il dit : Merveille !
      « Et ce petit fripon,
« Qui jour et nuit sans cesse veille,
« Si vous le trouvez qui sommeille,
« Croyez-moi, ce n'est pas de bon.

« Il préfère un lit de verdure
« Aux oreillers moelleux des rois.
« Ces oiseaux de mauvais augure
« N'ont jamais pu plaire à ses lois.

« Il se rit de leur froide mine ;
    « Et ce petit fripon,
« Qui sur eux en maître domine,
« S'il leur fait voir sa barbe fine,
« Croyez-moi, ce n'est pas de bon.

« Il habite au fond d'une grotte,
« Et marche sur un doux sainfoin;
« C'est là, qu'ainsi qu'une marmotte,
« On le voit tapi dans un coin,
« Reposant sur un peu de mousse;
    « Et ce petit fripon,
« Quand on le froisse et qu'on le pousse,
« Si quelquefois il se courrouce,
« Croyez-moi, ce n'est pas de bon.

« Voulez-vous donc voir sa demeure ?
« Ne la cherchez pas sur les monts.
« Vous la trouverez à toute heure
« Dans les lieux sombres et profonds.
« C'est là que se trouve sa loge ;
    « Et ce petit fripon,
« Si vous frappez juste à l'horloge,
« Vous ouvre, vous fête et vous loge ;
« Et pour le coup, c'est tout de bon.

LE DERNIER
JUGEMENT DE LA FEMME.

La loi du plus fort est toujours la meilleure,
LAFONTAINE.

PARCOURANT, un soir, un vieux livre
Que nos épiciers, par pitié,
Vu son grand âge, ont laissé vivre,
J'y pus voir encore à moitié
Cette petite historiette
Que ma plume, assez indiscrète,
Vous transmet sans la garantir.
« Jadis la femme sur la terre
« A l'homme cessa d'obéir.
« Aussitôt on porta l'affaire

« Devant un ancien tribunal.
« Chacun voulut plaider sa cause.
« Une donzelle, au teint de rose,
« Commença, mais débuta mal.
« L'homme parla, son éloquence
« Fit pâlir la femelle engeance.
« Pour elle tout semblait perdu,
« Quand une vieille octogénaire
« Se leva ; lors chacun se tu : »
» Morbleu, s'écria-t-elle, en bavant de colère,
» Et frappant le plancher de son noueux bâton,
» Je vous le dis, Messieurs, vous n'avez pas raison.
         » Juges incorruptibles,
      » Mieux que nous vous vous connaissez
» Partout à chaque vice on vous vit accessibles ;
» Et vous croyez ici nous mener par le nez,
         » Ainsi que des bêtes de somme !
» Nous saurons protester contre votre pouvoir :
» Rejeter votre arrêt sera notre devoir ,
» Si vous nous renvoyez sous les ordres de l'homme,
         » Race inique que tout l'enfer
      » Vomit un jour de sa puante enceinte,
» Dont le vase n'est plein que d'un liquide amer.
» Mais arrivons au fait de notre juste plainte :
» N'a-t-il pas usurpé nos légitimes droits,
» Gravés par la nature en ses plus saintes lois ?
» Nous aurions pourtant su garder le silence,

» S'il n'avait fait abus de son autorité ;

   » Mais n'est-ce pas atrocité

» De voir tous les maris user de violence

» Sur un sexe qui n'a pour lui que des douceurs,

   » Qui ne sait que verser des pleurs.

  » Et dites-moi, n'est-ce pas infamie

» D'éprouver sur nos dos mille coups de bâton,

» Quand on prétend leur faire une observation

   » Sur la plus dégoûtante vie

» Qu'ils mènent dans les lieux où se perdent nos mœurs ?

   » Non, non, il n'est plus de justice,

» Si vous ne condamnez ces tyrans oppresseurs.

» Pour eux n'est pas trop grand le plus honteux supplice. «

« Puis son menton pointu, s'arrêtant de branler,

   « Fit voir, ainsi que sa mâchoire,

   « Qu'elle avait cessé de parler.

  « Son discours remporta victoire

  « Et l'arrêt suivant fut rendu : »

 » Les partis ayant entendu,

 » Nous, juges à la cour suprême,

 » Nous frappons l'homme d'anathème,

 » En le privant de tous ses droits.

 » La femme donnera ses lois,

 » Commandera seule à la terre ;

» Et la peine la plus sévère,
» Peine capitale sera
» Contre qui désobéira
» A notre présente ordonnance.
» En notre salle d'audience,
» Avons le susdit jugement
» Rendu les jour, et mois, et an.
» . . . . «
Je ne puis vous donner la date
Qui, par un large coup de patte,
Se trouve effacée en entier,
N'importe : « Alors de créancier,
« Par arrêt, l'homme de la femme,
« Qui deux jours fut assez bonne ame,
« Fut le très-soumis débiteur. »

Te rapporterai-je, lecteur,
Ce qui se passa dans la suite !
Si je pouvais prendre la fuite ;
Taire, *par respect pour les mœurs*,
Tant de cruautés, tant d'horreurs !
Mais non ; car il faut satisfaire
A ton importune prière.
Suis-moi : « Quand il n'eut plus de frein,
« Le sexe ne respecta rien ;

« Et véritable énergumène,
« Il assouvit d'abord sa haine
« Sur quelque malheureux mari :
« Le mot vengeance était son cri.
« Bientôt il donna dans l'ivresse,
« Écueil où périt sa sagesse.
« Il ne rentrait qu'après minuit,
« Et plus souvent passait la nuit
« Dans quelques obscures gargotes.
« Pendant ce temps là, tu décrottes,
« Pauvre mari ! les escarpins
« De ta femme qui, les matins,
« Revient ivre de quelque orgie !
« Ce n'était plus une infamie
« De te battre à coups de bâton,
« Quand venait l'observation.
« On la voyait, pleine de rage,
« Renverser tout dans le ménage ;
« Culbuter, frapper ses enfants,
« Jeter au feu leurs vêtements.
« Ah ! plus d'une fois dans les rues,
« On en rencontra d'étendues
« Qui faisaient *hoc* en plein midi,
« D'une odeur infecte suivi ;
« Ou qui se déchiraient entr'elles,
« Laissant voir de longues mamelles.
« A tout cela ne disait rien
« Le mari traité comme un chien.

« On se lasse à la fin d'un pouvoir tyrannique.
« L'homme se révolta ; puis ce sexe cynique
    « Retomba sous notre pouvoir.
« On lui donna nos lois, prescrivit son devoir,
    « Sans cette fois recourir à des juges
        « Qui souvent, par des subterfuges,
        « Nous font voir blanc quand il est noir.
        « De cette fameuse victoire
        « La force eut donc toute la gloire.
        « C'est la première de nos lois
        « Qui sanctionna tous nos droits,
        « Avec sa mère la nature. »

O femmes de nos jours ne la transgressez plus !
Songez, en la gravant dans votre ame, encor pure,
Que son oubli d'une heure a souillé les vertus
    De vos très-humbles devancières
    Qui se roulaient dans les ornières
Quand en elles le vin, ce liquoreux poison,
Eût éteint la pudeur, aveuglé la raison.

UN SPECTACLE A L'IMPROMTU.

Honni soit qui mal y pense.

C'était le soir. Je marchais lentement
  Sur une place qu'on appelle
  La place de l'indépendant,
En rêvant un sujet d'une pièce nouvelle.
Je suai pour chanter le pouvoir monarchique ;
Mes vers ne rencontraient que de sombres cachots.
Je voulus évoquer la sainte république ;
Je tombais sous les coups de quelques vieux cagots.
  Au diable soit la politique !

Je revins promptement à mes premiers amours :
Je voulus chanter mon jeune âge,
Age heureux, riants jours !
Un vent du nord soufflait un grisâtre nuage
Qui me lançait au front des projectiles blancs.
Je grelottais : toutes mes dents
Battaient la mesure en cadence.

J'allais rentrer en diligence,
Dans la maison
De mon jeune patron
Quand le vent fit rouler mon chapeau dans la rue,
Je cours après ; je glisse, et, partant en avant,
Ainsi qu'un sac de plomb, je tombe lourdement.
Adieu, pauvre chapeau, je t'ai perdu de vue !

Je me relève en grimaçant,
Le nez plat comme une punaise.
J'anathématisai les poètes, les vers.
Après de tels revers,
Que pouvais-je écouter que mon humeur mauvaise ?
Mon sang coulait ; je me crus mort.
Pourtant après avoir fait quelque effort,
Je quittai, clopinant, cette maudite place.
Mais voici bien un surcroit de disgrâce !

Une foule empressée arrive contre moi :
      On m'entoure, on me pousse ;
      En vain je me courrouce,
      J'en appelle à la loi ;
On rit; puis on avance, et le torrent m'entraîne,
M'entraîne... et sans avoir rencontré le portier
      Qui remplissait les fonctions d'huissier,
Je me trouve au spectacle assis entre l'haleine
D'une vieille édentée et d'un jeune tendron.
La vieille m'agaçait, et de tendres œillades
Me venaient de la jeune et belle Jeanneton,
Qui, sans le demander, me souffla ce doux nom.
Toutes deux me serraient, en pressant leurs rhagades;
Mais je ne compris rien à ces paroles fades.
      Je ne songeais qu'à mon malheur.
      Remis un peu de ma douleur
J'appliquai sur mon nez un fin mouchoir de poche
Que j'avais, chez un juif, acheté le matin;
      Et, détachant ma gauche main,
Je lançai sur la vieille une forte taloche,
Sur cette vieille qui me grattait, me pinçait:
      Pendant qu'elle criait
J'arrivai d'un seul bon sur une autre banquette,
Regrettant toutefois Jeanneton la grisette.

Là, je pus respirer à mon aise un instant,
Et rire, à mes dépens, de ma brusque aventure

Qui, pour le siècle d'à présent,
Quoiqu'en diront les fats, vaut bien, je vous le jure,
Celles de Don-Quichotte et du lâche Sanchot
Quand il éperonnait son ânesse monture.
Non moins curieux que le mannequin de Loth,
Je jettai mes regards, et de gauche, et de droite;
Je vis.... et que ne vis-je pas?
Ici, c'était une petite boite
Qu'un cavalier glissait entre les deux appas
De sa séduisante maîtresse,
Qui, par besoin, sur lui se penchait de détresse;
Là, de courts cotillons descendaient au genou
Pour n'être point froissés, déchirés par un *clou*
Qui se trouvait dans les coulisses.
Après mûre réflexion,
Je louai fort cette précaution.
Plus loin je vis une dame aux supplices,
Assise dans sa loge à côté d'un mari.
Son amant la lorgnait dans un recoin blotti,
Une autre, toujours prévenante,
Éventillait la vapeur malveillante
Que ses bas intestins exhumaient de son corps.
Aux gémissants accords
D'un boyau mal raclé gambadait le parterre.

De toutes parts une main téméraire,
Sans coup férir,

Remporta plus d'une conquête.
Un sbire dans un coin enlaçait sa brunette
Qui le laissait alors tout bêtement agir,
N'en riez pas ; il faut qu'un agent de police,
Et c'est là son devoir,
Préside à tout comme un prêtre à l'office,
Car sans cela que ferait le pouvoir ?
Que deviendrait son mouvant édifice ?

Un coup fait retentir le musical parquet,
Le sbire s'éloigne à regret,
Et la toile se lève.
Le silence aussitôt arrive par degré,
La scène s'ouvre ; un jeune élève,
En vieille bressande plâtré,
Paraît et fait modeste révérence
Chaque fois qu'il redit, soit un oui, soit un non ;
De son rôle sans peine il a saisi le ton.
Son esprit ingénu, dans ses gestes l'aisance,
Ses grâces, sa tournure arrachèrent bientôt
Les applaudissements d'un public sévère
Qui, dans ces cas, ne juge pas en sot.
Un autre arrive, il s'efforce de plaire ;
Mais sa figure, au théâtre étrangère,
N'inspire rien : on bâille en l'écoutant.
De sa cause désespérant,
Il se frotte les mains et puis il se retire,

En montrant au public son malencontreux c.
Pardonnez-lui; sa tête était dans le délire.
Un autre lui succède avec un nez pointu
Sur lequel s'adaptaient deux verres de lunettes;
Jugez si ça cadrait avec les épaulettes
      D'un officier plein de valeur
Dont il représentait le grave personnage!
Sans doute le parterre eut égard à son âge,
    En l'accueillant par un rire moqueur.
    Un autre vint; il portait de son maître
      Livrée et rouge parement.
Aussitôt qu'on le vit sur la scène paraître,
On augura de lui très-favorablement.
Se trompe-t-on jamais en telle circonstance!
      A peine disait-il deux mots,
Qu'il était étourdi par de nombreux bravos.
Mais tout-à-coup une femme s'avance....

Un murmure léger circule sur les bancs,
      Et de toutes parts j'entends:
      C'est bien elle.... c'est Robertine...
Sa forme, son maintien, une agréable mine,
Lui méritent d'abord les applaudissements
D'un public jaloux d'entendre sur la scène
La jeune virtuose insultant à la haine

Des préjugés, encore existants en ce jour
A la honte du siècle et de dix-huit cent trente.
    Les yeux baissés, elle approche, tremblante.
    Est-ce de crainte? Est-ce d'amour?
Son cœur bat... mais bientôt elle a repris courage.
Ainsi qu'un nautonnier qui brave le naufrage,
Qui, de sa rame fort, aux flots sait ordonner;
Elle ferme l'oreille et se laisse entraîner,
Tantôt par la douceur, tantôt par la colère.
Pleine de son sujet, elle parle, éblouit;
Elle parle, terrasse : à son tour le parterre
    Tremble et pâlit.
Partout on se demande : Est-ce bien Robertine?.
On la voit, on hésite et l'on n'ose affirmer.
On croit que de Talma provient son origine;
    C'est ce qu'on ose proclamer....
Et là-dessus sonna l'heure de la retraite.

La toile se déroule et tombe avec fracas;
    Chacun, après avoir pris ses ébats,
Se retire, joyeux, comme au jour d'une fête.
Moi, toujours triste, et pleurant mon chapeau,
    Je m'éloignai la tête nue.
Je ne perdis pas tout; un rhume de cerveau,
Par charité, me prit en traître dans la rue;
Dieu l'a permis; à tous que grâce soit rendue !

L'AUTOMNE.

Déjà je vois le triste automne
Qui s'avance dans nos climats.
Aux doux fruits que Flore nous donne
Vont succéder de durs frimas.
La nature a perdu ses charmes,
Sous un ciel pâle et nébuleux.
L'amant ne verse plus de larmes :
Reçois donc, Lisa, mes adieux.

Ah ! si jadis, riant bocage,
Tu fus témoin de mes serments ;
Si l'écho, de sa voix sauvage,
Répéta mes tendres accents ;
La jeune bergère attendrie
De Daphné recevait les vœux.
Pour elle il n'est plus de prairie :
Reçois donc, Lisa, mes adieux.

Quand j'entendais, ô Philomèle,
Tes chants dans l'ombre de la nuit,
Je revenais toujours fidèle,
Aux lieux où l'amour nous instruit...
Aujourd'hui si ta voix muette
Suspend ses sons mélodieux,
Que l'écho soit mon interprète
Pour dire à Lisa mes adieux.

ROMANCE.

L'aurore, messager des jours,
Tendre Élise, est pour moi sans charmes,
Depuis que le Dieu des amours,
Sur tes genoux reçut mes larmes.
L'astre qui dore nos coteaux
Sommeille encore que ma lyre,
Déjà sous de riants berceaux,
Chante mon amoureux délire.

Ce fut sous l'ombre d'un palmier,
Au milieu d'une douce ivresse,
Que mon cœur te dit le premier:
A toi je veux être sans cesse.
Tes yeux reçurent mon serment,
Élise, et ta bouche innocente
Me dit: sois-moi fidèle amant,
Je te serai toujours constante.

Je jurai de t'aimer toujours;
Tu juras de m'être fidèle.
L'écho répéta nos amours;
Et la plaintive tourterelle,
Jalouse de notre bonheur,
Un instant oublia ses peines,
Pour aller dire au voyageur
Que l'amour a de douces chaînes.

Beauté qu'on adore en tous lieux,
O toi divine Cythérée,
Qui d'un regard blessa les dieux,
Au milieu de la cour sacrée;
Ni ta ceinture, ni tes traits,
N'ont plus rien qui charme mon ame,
Depuis que les brillants attraits
D'Élise ont fait naître ma flamme.

Oiseaux, suspendez votre chant,
Cessez votre amoureux murmure ;
Ruisseaux, coulez plus lentement,
Je vois Élise sans parure.
Quelques roses et le jasmin
Ornent tout seuls son sein d'albâtre,
Que légèrement d'une main....
Quel cœur n'en serait idolâtre !!

Soleil, amortis ton ardeur ;
Zéphirs, éloignez votre haleine ;
Nuit sombre, couvre la rougeur
D'Élise, un instant incertaine.
Reçois nos serments, doux gazon !
Ah ! nous goûtons sur ta verdure
Des plaisirs que même à Sidon
Refusa l'avare nature.

Ainsi je chantais mon amour
Dans cette douce rêverie :
La nuit, ayant chassé le jour,
Nourrissait ma mélancolie ;
Lorsqu'un monstre d'iniquité
Vint me souffler : ton cœur soupire,
Pendant qu'une divinité,
Elise, en ce moment expire.

Ciel ! à cette cruelle voix,
Mon sang se glace dans ma veine.
Mon cœur succombe sous le poids
De l'abattement qui l'enchaîne.
Le trouble agite tout mon corps,
En proie à la douleur amère.
Ma lyre a cessé ses accords ;
Mes yeux refusent la lumière.

Sorti de ma langueur enfin,
Je cours, mais que vois-je ! Est-ce Élise ?
Un sang noir coule sur son sein !
Tout-à-coup, frappé de surprise,
Je recule ; mais à l'instant
Un signe m'appelle vers elle ;
Elle me dit en expirant :
Je meurs pour te rester fidèle !...

O mon Élise ! si la mort,
Mon ame en est évanouie,
Par la plus dure loi du sort,
Vient de t'arracher à la vie ;
Nos cœurs, étroitement unis,
Ne pourront jamais se survivre :
A l'autre monde réunis,
Ils veulent en tout lieu se suivre.

Sur notre tombe, heureux amants,
Crayonnez à notre mémoire
Ces mots que sans doute le temps
Fera mettre un jour dans l'histoire.
Non, la mort, malgré ses rigueurs,
Et malgré toute sa puissance,
N'a pu séparer ces deux cœurs
Qu'ont unis l'amour, l'innocence.

LE TOMBEAU D'ADÈLE.

J'ai séché comme l'herbe des champs !

CHATEAUBRIAND.

JEUNE femme, dont le cœur pur
A su fuir l'écueil du naufrage ;
Vous qui ressemblez à l'azur,
Quand il est libre du nuage,
Avec moi venez sans frayeur
Visiter le tombeau d'Adèle.
Sur son front jetant une fleur,
Pleurez cette épouse fidèle.

Cette vierge apparut un jour
Au banquet sacré de la vie ;
A peine elle connait l'amour,
Et tombe avant d'être flétrie.
Avec moi, etc.

Comme la rose qu'une main
Arrache à sa naissante aurore,
Adèle n'a vu qu'un matin,
Mais, le soir, son nom vit encore.
Avec moi, etc.

Elle abandonne, en expirant,
Un enfant que mon bras protège.
Grand Dieu ! veille sur cet enfant
Qu'en naissant le malheur assiège.
Avec moi, etc.

J'ai vu cet ange de candeur
D'une mère essuyer les larmes ;
La consolant dans sa douleur,
Ses lèvres calmaient ses alarmes.
Avec moi, etc.

Chastes colombes de Sion,
Qu'au devoir la pudeur rappelle,
Faites entendre à l'unisson
Ces mots à la mère d'Adèle :
Tendre mère, tu l'as perdu
Ce fruit d'une uniou si chère.
Ne pleure pas; car sa vertu
N'était poiut faite pour la terre.

L'OUBLI ET LE SOUVENIR
DE LA MORT.

I.

Mais qu'entends-je ! Silence... Une voix sépulcrale
    S'élève du fond des tombeaux.
Je vois... Dieu! c'est un spectre entouré de flambeaux.
Il s'avance, il se traîne.. Arrête... ô nuit fatale !
Une froide sueur s'attache sur mon corps :
    Je prends la fuite, vains efforts !
        La terreur m'enchaîne ;
        Je respire à peine ;
        Je tremble, j'ai pâli ;
        Je tombe évanoui.

Des cris percent les airs; c'étaient des cris funèbres.
Par ces cris réveillé dans l'horreur des ténèbres,
J'entends: «Morts, levez-vous; quittez votre cercueil,
« Et venez observer de vos amis le deuil.

« Ils répandaient des pleurs à votre heure dernière,
« Quand votre corps glacé fut jeté dans la terre.
« Avec vous ils voulaient ensevelir leurs jours;
        « Mais à peine un peu de poussière
« Vous a-t-elle à leurs yeux dérobés pour toujours,
« Qu'aussitôt, effaçant la trace de leurs larmes,
« Ils ont repris les ris, les jeux et la gaîté,
« A jamais oublié vos vertus et vos charmes,
« S'enivrant dans les bras d'une autre volupté.

« Voyez-vous cet époux qui, jusqu'à votre tombe,
« Se roulait sur le sable, en criant: » J'y succombe! «
« Le voyez-vous? son ame a banni la douleur,
« Et votre souvenir est proscrit de son cœur.

« Regardez cette femme; elle resta sans vie
» Quand la mort eut sonné votre longue agonie.
« Un crêpe noir encore enlace ses cheveux
« Pendant qu'elle poursuit un amant de ses feux.

« O pères qui dormez sous cette humble poussière,
« Quand vos fils vous jetaient leur dernière prière,
« J'ai vu sur vos tombeaux leur désolation :
« Aujourd'hui, de vos biens souriant au partage,
« Entendez-les chanter dans l'habitation,
« Où des pleurs coulaient hier sur leur sombre visage,
« Où c'est un crime alors d'évoquer votre nom. »

Puis d'un ton grave et plus sonore
J'entendis retentir encore
          Ces derniers mots
Que renvoyèrent mille échos :
« Oui, les vivants, pour hécatombe,
« Ont buriné sur notre tombe :
« Éternel, éternel oubli ! »
Et je n'entendis plus de cri.

II.

Toi qui du même sang que moi reçus la vie,
Tu m'apparus alors riante de beauté ;
          Je crus voir la divinité.
Assise au doux banquet de la grande patrie,

Des roses naissaient sous tes pas,
Et réhaussaient encor tes célestes appas ;
Ton front, tout rayonnant de gloire,
Dorait le char de l'Éternel.

Tu rendais à la mort grâce de sa victoire,
A la mort qui t'élève au rang de l'immortel.

Tes doigts faisaient vibrer les cordes d'une harpe.
Ta voix, plus douce que le miel,
Rendait sensible tout le ciel.
Des anges soulevaient une légère écharpe
Qui flottait sur ton corps aussi blanc que le lis.
Tes lèvres murmuraient du Très-Haut les louanges :
Les chérubins et les archanges
Restaient muets, par tes chants attendris.

Bientôt sur moi ton regard tombe ;
Sur moi. Je pleurais vers ta tombe.
Les cordes de ton luth se glacent sous ta main.
Un crêpe teint de noir a revoilé l'aurore,
Qui déjà parfumait le retour du matin.

Ta bouche chante encore ;
Mais je n'entends que ces accents de deuil :
« Songe à Lucie, à ma fille si chère,
  « Toi qui gémis sur mon cercueil.
« Je l'ai laissée, hélas ! trop jeune, sur la terre.
« Fais-lui connaître un jour le tombeau de sa mère ;
« Mais cache-lui toujours le triste souvenir
  « De sa douloureuse naissance.... »
Et je n'entendis plus qu'un effrayant silence
Auquel vint succéder un lugubre soupir.

VERS

FAITS A LA DEMANDE DE M. DE V.,

POUR LA FÊTE DE SON PÈRE, DONNÉE AU CHATEAU DE C.

PAPA, c'est ta fête demain.
Déjà je vois Marie
Et la jeune Phanie
Chercher partout dans le jardin
Une fleur pour parer ton sein.
Mais le bouquet que ton fils te destine
Est une rose sans épine.
Oui, c'est un cœur
Plein de candeur;
Et s'il est des vertus dans ce cœur qui t'adore,
Tu sais bien à qui je les dois.
Tu le formas dès sa plus tendre aurore,
Et mon berceau comprit ta voix.
Je t'offre aujourd'hui ton ouvrage;
C'est une fleur que les frimas,
Que le temps ne terniront pas;
Daigne accueillir mon faible hommage.

LA CABANE DU VIEILLARD.

Respectez cet asile où repose un vieillard :
La vertu, le malheur en ont fait leur demeure ;
Vous la bénirez à toute heure,
Si sur elle un instant vous jetez un regard.

CH. J.-B., inédit.

J'AVAIS parcouru les riantes et sauvages montagnes de la Suisse, et je regagnais, sous un ciel pur, le pays où reposent les cendres de mon père et d'une sœur, hélas ! dévorée par la mort au printemps de ses jours. Déjà je repassais les monts majestueux du Jura, lorsqu'un étranger, dont la marche incertaine semblait n'avoir aucune direction, s'arrête non loin de moi, le front penché vers la terre. Je l'aborde ; il lève les yeux, et laissant exhaler un soupir : pourrais-tu m'apprendre, ô jeune homme, me dit-il, si nous sommes bien éloignés de la France. Nous touchons depuis quelque temps, lui répondis-je, le sol sacré des habitans fortunés de ce royaume. O ma patrie ! reprit-il aussitôt, ô ma chère patrie ! je te revois donc après trente années d'absence !. et il se tut. Ces mots mystérieux excitent ma curiosité. Je veux le questionner ; je l'interroge ; je le presse ; mais en vain. Il garde le silence, et je ne puis pénétrer le secret que renferment les paroles qu'il vient de faire entendre. Je poursuis ma route ; il s'attache à mes pas, et répète par intervalle, après avoir appris que j'habitais à quelque distance de la source d'Ain : Sois mon guide, aimable jeune homme, au milieu de ces rochers qui me sont inconnus ; car, comme toi, je suis francais.

Le soleil avait disparu, et la nuit vint bientôt nous surprendre au milieu d'une épaisse forêt, peuplée de noirs sapins qui empêchaient la pâle lueur des étoiles de descendre jusqu'à nous. Déjà le sentier détourné qui dirigeait nos pas s'est éclipsé. Égarés, nous ne savons plus de quel côté nous marchons. Nous nous arrêtons, et nous allions enfin nous résoudre à attendre le retour de l'aurore, abrités sous un arbre touffu, quand les faibles rayons d'une lampe, aperçus dans le lointain, vinrent ranimer notre courage. Nous nous avançons du côté d'où part la lumière, et nous arrivons vers une petite cabane qui nous parut d'abord être celle d'un bûcheron. Nous frappons; une porte crie et s'ouvre devant nous. Un vieillard, dont l'âge semble avoir respecté les traits, s'approche d'un pas lent, et nous présentant une main tremblante : que demand z-vous, nous dit-il ? L'homme mystérieux qui m'accompagnait depuis le milieu du jour, ne répondant rien, je pris la parole et je dis : Vénérable vieillard, égarés dans cette noire forêt, l'humanité réclame pour nous un coin dans votre habitation, pour y passer le reste de la nuit. Vous serez mal, me répondit-il, mais c'est avec plaisir que je vous reçois et vous pouvez entrer. En même temps il nous offrit un tronc pour nous asseoir.

Un feu pétillant s'allume sous la cheminée et quelques herbes bouillissent avec de l'eau. Ce bon vieillard nous invite à partager son frugal souper que le besoin nous fait accepter, après lui avoir exprimé toute notre reconnaissance. La confiance, que m'inspiraient ses cheveux blanchis sous les années, m'enhardit; et après avoir terminé notre maigre repas, je lui demandai s'il avait toujours vécu dans la solitude de ces lieux. O vicissitude de la fortune! s'écria-t-il avec émotion. Autrefois j'étais dans l'opulence; j'habitais la capitale du monde, et les grands eux-mêmes recherchaient ma personne. La révolution de 89, depuis long-temps préparée, éclata enfin. Elle s'annonçait belle d'avenir; mais elle fut étouffée dans son berceau, et je me vis, au milieu des horreurs du terrorisme, dépouillé d'un riche patrimoine que les épargnes d'un père m'avaient laissé. Aujourd'hui, pauvre, abandonné, ignoré même, je me suis isolé de la société pour supporter avec plus de constance mon infortune. Le malheur n'abat que les ames faibles. Le travail fut toujours pour moi un délassement, et maintenant encore, malgré le poids de mes longues années, je trouve dans mes bras de quoi suffir à mon existence. Que faut-il tant à un vieillard ? et puis la nourriture est si douce, quand elle est le fruit de la peine. Né sans ambition, je me trouve le plus fortuné des mortels au sein de l'indigence, et je me repose là-dessus (en nous montrant un peu de paille) plus tranquillement que les rois sur un léger duvet. Sage vieillard, lui dis-je, en l'interrompant, pardonnez à mon indiscrétion ; vous avez sans doute avec vous quelqu'un pour adoucir vos travaux. O ma pauvre Amélie ! ô mon fils ! reprit-il avec attendrissement... et une grosse larme roula sur ses joues décolorées.

Le mot d'*Amélie* avait fait palpiter le cœur de l'étranger, assis à mon côté. Ses yeux s'attachèrent avec plus d'intérêt sur le vieillard qui continua en ces termes, après un moment de silence : Jeune voyageur, tu viens de rouvrir une plaie que le temps n'a pu encore cicatriser. Non, personne ne vient adoucir mes peines. Tous les maux à la fois semblent s'être appesantis sur ma tête. Quand les satellites de l'infâme Robespierre m'eurent ravi les biens que je possédais alors, je quittai Paris sans le regretter, et je vins m'établir sur les bords du Doubs que j'ai désertés, après la mort de ma femme, pour venir me fixer ici loin des hommes. Ah ! c'est sur les bords charmants du Doubs que j'embrassai pour la dernière fois mon fils ! Le malheur, qui n'a cessé de me poursuivre, vint me l'enlever au moment que je commençais à oublier mes revers. Appelé en 1804 sous les drapeaux de l'empire, nulle voix depuis ce temps-là n'est venue m'apporter de ses nouvelles. Sans doute il aura péri au milieu des désastres et des neiges de la Russie. O mon cher Élisé ! quand tu t'éloignas de ta mère qui n'a pu survivre à ta perte ; quand tu quittas ton père qui te pressait sur sa poitrine, je croyais te revoir encore !....

A ces mots, l'étranger qui m'accompagnait, et dont la langue jusqu'alors était restée muette, se leva tout-à-coup ; et, se jetant aux genoux du vieillard : C'est donc ici, s'écria-t-il, que je retrouve mon père. O mon père ! mon père !! voici votre fils !!! Le vieillard l'a reconnu ; il pousse un cri, et s'évanouit dans les bras de son enfant. ...

Silence ! car quelle plume assez habile pourrait peindre une scène si touchante !

FIN.

TABLE DES MATIÈRES.

FIN DE LA TABLE.

ERRATA.

Page 8, ligne 15, — tuotefois,
       lisez toutefois.

Page 22, ligne 21, — Ne fais point le rebelle,
       lisez Ne fais point le méchant.

Page 27, ligne 8, — Si Catin avait quelque peu de
fortune,   *lisez* Si Catin avait eu quelque peu
de fortune.

Lons le-S., Imp. de Courbet.

www.ingramcontent.com/pod-product-compliance
Ingram Content Group UK Ltd.
Pitfield, Milton Keynes, MK11 3LW, UK
UKHW021434090726
13657UKWH00003B/1085